W9-BYF-835

Coordinador de la colección: Daniel Goldin
Diseño: Joaquín Sierra, sobre una maqueta
original de Juan Arroyo
Diseño de portada: Joaquín Sierra
Dirección artística: Mauricio Gómez Morín

A la orilla del viento...

El rey que se equivocó de cuento

ANTONIO GRANADOS

ilustraciones de
Alain Espinosa

Primera edición: 1995

D.R. © 1995, Fondo de Cultura Economica
Av. Picacho Ajusco 227, México, 14200, D.F.

ISBN 968-16-4571-5
Impreso en México

FONDO DE CULTURA
ECONÓMICA

❖ En un castillo embrujado,
en tiempos de Queseyó,
entre sus muros de enfado
algo loco sucedió:
Érase que una pintura
del rey Gestocaradura
por magia o por puro azar
cambió de tiempo y lugar.
Sucedió que, bruscamente,
del pasado fue al presente.
Cuál sería su desconcierto,
se vio en medio de un desierto.

No perdía la compostura
pero el calor lo obligó,
la sed le hizo una diablura,
así fue que se movió.
Salió del marco, sediento,
soplaba caliente el viento.
Caminó por largo rato,
se le descosió un zapato.
Con la calceta de fuera,
encontró una carretera.
Exclamó: "¡Qué papelón!"
Pero pidió un aventón.

Una joven que iba en su auto
frenó y dijo:"¡Qué vestuario!,
ande suba, no sea cauto".
El rey clamó estrafalario:
"¡A esta carreta, so rayos,
le hacen falta los caballos!
¿Será usted una visión
producto de mi emoción
o será acaso una bruja
salida de una burbuja?…
Ya sea cierta o sea mentida,
¡Ande, al reino de Enseguida!"

La mujer se sorprendió
pero después de un segundo
contra el rey arremetió:
"¡Ah, canijo vagabundo,
limosnero y con garrote!
¿Piensa que soy de su corte?
¿Me ve cara de tarada?
¡Bájeseme de volada!"
El jerarca obedeció,
pero el cuento ahí no paró.
Si acabara aquí, en despiste,
sería un final de mal chiste.

El monarca, muy de suyo,
así continuó su viaje
sacudiéndose el orgullo
y desgarrándose el linaje.
Anda que te anda y camina,
vio a lo lejos una esquina.
Por suerte o casualidad
llegó al fin a una ciudad.
Tres tipos al verlo triste
lo tomaron por mal chiste,
se rieron a sus costillas,
¡claro!, verlo hacía cosquillas.

Se le hacía rara escultura
la calle de aquel lugar,
sólo un circo —¡qué locura!—
le pareció familiar.
Antes de decir su nombre
y "Monarca de Sabedónde",
el empresario —¡Qué caso!—
lo contrató de payaso.
Por sed, hambre o por lo mismo
aprendió malabarismo.
Disfrazado de feliz
se enfadó de su nariz.

A la busca de otro empleo
subió al metro, era de día,
sintió un violento meneo
y en la estación Utopía
dijo: "Todo se mueve…
¡Quién a empujarme se atreve!
¿Quién ha osado mancillar?"
Pero no pudo acabar
porque un último empellón
lo hizo salir del vagón.
Y, detalle tras detalle,
se vio otra vez en la calle.

El humo, vale narrar,
no lo dejaba mirar,
el ruido lo entorpecía:
"Ha de ser lo que temía,
he de estar en el infierno,
¡Quiero volver a mi reino!"

Sólo cuando llegó a un parque
sintió un cambio en su aventura
y sentirse en otra parte
suavizó su cara dura.
Una niña con paleta
le prestó su bicicleta.
El rey halló entre pedales
un buen remedio a sus males.
Vio pasar desde su asiento
la película del viento.
La bici —¡qué buena actriz!—
también se veía feliz.

Esto, y no es casualidad,
sonará a sueño profundo
pero, dicha la verdad,
la suerte cambió de rumbo:
Un descuido sin perdón
lo hizo salir del renglón,
se tropezó en este punto.
¿Quién lo puso aquí?, pregunto.
Frenó y salió disparado.
Al verlo todo enlodado
la niña, eso sí discreta,
se fue con su bicicleta.

El rey gritó sin cordura:
"¡Ya colmaste mi paciencia
Ciudad de la Travesura!"
Como una maledicencia
se oyó el enfrenón de un coche,
la tarde se volvió noche.
El rey siguió su camino,
quién diría que su destino
le deparaba un calambre.
Enseguida sintió un hambre
que caló en su alma maltrecha
y una sed insatisfecha.

En eso apareció un hada
con un halo de alegría,
le dio taquitos de nada
y agua de la fantasía.
Él siguió con apetito,
de la nada un duendecito
apareció muy risueño,
le echó sus polvos del sueño.
Así fue que el rey durmió
y el relato ahí no paró.
Si el final fuera encantado
sería un cuento exagerado.

Durmió el rey a la intemperie
y amaneció en la prisión
—¡qué cosa fuera de serie!—
por faltas a la nación.
Todo iba de mal en peor
hasta cambiar de color.
Pudo salir bajo fianza,
ahí te va una adivinanza:
¿Cómo salió el prisionero
 si es que no tenía dinero?
Bastaba ver su anular
para poder acertar.

Sin anillos en su mano
y en vez de echarse a llorar
se sintió más ser humano,
buscó su suerte aclarar.
Decidió que en un crucero
trabajaría de cirquero.
Hizo su carpa de paso,
se disfrazó de payaso.
Gravitando tres pelotas
consiguió para las tortas;
al pan, pan hay que decir,
tenía que sobrevivir.

Formó parte del paisaje
urbano de aquel lugar,
se convirtió en personaje
de relato popular.
A quien iba a toda prisa
le regalaba una risa.
Su malabar de maroma
hacía ver la vida en broma.
Uno que otro loco chiste
aliviaba al que iba triste
(medicina de problemas
son a veces los poemas).

Según lo cuenta el relato
el rey no volvió al retrato,
y según cuenta el rumor
esto no acabó en amor
ni en premio de lotería,
nadie murió de alegría.

Peatón entre vagabundos
pudo cambiar de ciudad
y en menos de tres segundos
ser rey de la soledad,
regresar a su pintura,
volverse caricatura
o cuento de no acabar,
pero prefirió apostar
a vivir sobre el trapecio
y, tozudo como necio,
comer el pan que ganaba,
nadie se lo regalaba.

Y aún sigue en la cuerda floja,
desde aquí a veces se antoja
que no tiene ni un problema
o que vive en un poema
donde todo es de papel.
Quién fuera tal como él
cuando dice sin nostalgia:
"¡La vida es la pura magia!" ❖

Este libro se terminó de imprimir y encuadernar
en el mes de diciembre de 1995 en Impresora y
Encuadernadora Progreso, S. A. de C. V. (IEPSA),
Calz. de San Lorenzo, 244; 09830 México, D. F. Se
tiraron 3 000 ejemplares.